Charles Racinet

Les plaisirs de l'isle enchantée; La feste de Versailles du 18 juillet 1668

Anatiposi

Charles Racinet

Les plaisirs de l'isle enchantée; La feste de Versailles du 18 juillet 1668

Réimpression inchangée de l'édition originale de 1859.

1ère édition 2023 | ISBN: 978-3-38273-416-9

Anatiposi Verlag est une marque de Outlook Verlagsgesellschaft mbH.

Verlag (Éditeur): Outlook Verlag GmbH, Zeilweg 44, 60439 Frankfurt, Deutschland
Vertretungsberechtigt (Représentant autorisé): E. Roepke, Zeilweg 44, 60439 Frankfurt, Deutschland
Druck (Imprimerie): Books on Demand GmbH, In de Tarpen 42, 22848 Norderstedt, Deutschland

LES PLAISIRS DE L'ISLE ENCHANTÉE,

LA FESTE DE VERSAILLES

du 18 juillet 1668

ET

LES DIVERTISSEMENS DE VERSAILLES

donnés par le Roy en 1674;

NOTICE

HISTORIQUE, BIBLIOGRAPHIQUE ET JUDICIAIRE

PAR

M. CHARLES RACINET,

AVOUÉ PRÈS LE TRIBUNAL CIVIL DE PREMIÈRE INSTANCE
DE LA SEINE, ET DU MINISTÈRE
DE L'INSTRUCTION PUBLIQUE ET DES CULTES.

PARIS

IMPRIMÉ CHEZ BONAVENTURE ET DUCESSOIS

55, QUAI DES AUGUSTINS.

Mai 1859

Les Plaisirs de l'Isle enchantée ;

La Feste de Versailles du 18 *juillet* 1668 *;*

ET

Les Divertissemens de Versailles donnés par le Roy en 1674.

AVANT-PROPOS.

Après la décision rendue par le tribunal civil de première instance de la Seine, le 14 janvier 1859, dans l'affaire Chavin de Malan, les bibliothèques publiques devaient espérer que les revendications de leurs livres volés ne souffriraient plus de difficultés de la part des détenteurs, et elles pensaient que leurs réclamations n'auraient qu'à se produire à l'amiable pour être immédiatement accueillies.

La décision du 14 janvier 1859 a constaté de la manière la plus formelle : 1° le droit de propriété inaliénable et imprescriptible des bibliothèques ; 2° le droit de reprendre les livres volés sans aucune indemnité à payer au détenteur ; 3° et le droit de réclamer des dommages-intérêts au détenteur pour les détériorations subies par les livres volés.

Ces principes, sauvegarde des bibliothèques, ont

été publiquement proclamés; ils constituent une vérité, une loi que personne ne peut ignorer.

Comment se peut-il donc aujourd'hui que la Bibliothèque Sainte-Geneviève ait un procès à soutenir pour obtenir la restitution d'un livre qui est incontestablement sa propriété, et sur l'identité duquel aucun doute ne peut exister.

L'adversaire de la Bibliothèque Sainte-Geneviève n'est point un détenteur ordinaire, c'est un libraire, qui a vu dans la décision du tribunal une entrave et un péril pour son commerce, qui a protesté contre elle et voudrait, en atténuant la force des principes, ouvrir une nouvelle porte aux abus les plus dangereux et les plus condamnables.

Le tribunal déjouera cette tactique, il maintiendra dans son intégrité sa première décision ; son second jugement deviendra une nouvelle arme dans la main des administrateurs des bibliothèques publiques, pour vaincre infailliblement toutes les difficultés que les détenteurs de livres volés oseraient encore soulever.

CHAPITRE I

LES PLAISIRS DE L'ISLE ENCHANTÉE.

————

Au mois de mai 1664, le roi Louis XIV « voulant
« donner aux reines et à toute la cour le plaisir de
« quelques festes peu communes, dans un lieu orné
« de tous les agrémens qui peuvent faire admirer
« une maison de campagne, choisit Versailles, à
« quatre lieues de Paris.

« C'est un château qu'on peut nommer un palais
« enchanté, tant les ajustemens de l'art ont bien
« secondé les soins que la nature a pris pour le
« rendre parfait. Il charme en toutes manières ;
« tout y rit dehors et dedans. L'or et le marbre y dis-
« putent de beauté et d'éclat ; et, quoyqu'il n'ait pas
« cette grande étendue qui se remarque en quel-
« ques autres palais de Sa Majesté, toutes choses y
« sont si polies, si bien entendues, et si achevées,
« que rien ne le peut égaler. Sa symétrie, la ri-
« chesse de ses meubles, la beauté de ses prome-
« nades et le nombre infini de ses fleurs, comme de
« ses orangers, rendent les environs de ce lieu di-
« gnes de sa rareté singulière[1]. »

[1] *Les Plaisirs de l'Isle enchantée*, etc., in-fol. Paris, Imprimerie
Royale, 1673, pages 3 et 4.

A cette époque, le château de Versailles n'était point encore devenu la résidence de la cour du grand roi. De 1661 à 1664, des travaux d'agrandissement y avaient été exécutés ; peu importants, en les comparant à ceux qui furent faits par la suite, ces travaux se sont élevés à 4,298,436 francs.

Les travaux considérables de Versailles ont été faits de 1664 à 1690, et de 1690 à 1715. Ils se sont montés à un peu plus de 214 millions.

Le roi ne fixa sa cour à Versailles qu'en 1682.

Dans la fête par lui donnée à Versailles, Louis XIV déploya une magnificence, une variété, une splendeur et un goût dont aucune fête n'avait encore été embellie.

Le roi arriva à Versailles le 5 mai ; il avait invité six cents personnes de la cour qui furent traitées jusqu'au 14, avec leur suite, indépendamment des gens nécessaires à la danse et à la comédie, et d'une infinité d'artisans venus de Paris.

M. de Vigarini, gentilhomme Modénois, et le duc de Saint-Aignan, premier gentilhomme de la chambre, avaient choisi dans l'Arioste, pour sujet de la fête, les enchantements de Roger par la magicienne Alcine[1]. C'était *le Palais d'Alcine* ou *les Plaisirs de l'Isle enchantée.*

Le roi représentait Roger ; il était armé à la grecque et portait une cuirasse de lames d'argent couverte d'une broderie d'or et de diamants. Il montait un cheval magnifique, couvert d'un harnais couleur de fer et éclatant d'or, d'argent et de pierreries. Voltaire, qui a rendu compte dans son *Siècle de*

---

[1] Arioste, *Roland Furieux*, ch. vii et suivants.

Louis XIV de la fête des *Plaisirs de l'Isle Enchan-tée*, rapporte que tous les diamants de la couronne brillaient sur l'habit du roi et sur le cheval qu'il montait.

« Le roi, ajoute-t-il, parmi tous les regards atta-
« chés sur lui, ne distinguait que ceux de mademoi-
« selle de La Vallière. La fête était pour elle seule ;
« elle en jouissait confondue dans la foule [1]. »

Il était à cette époque violemment épris de made-moiselle de La Vallière, mais leurs amours étaient encore à demi voilées ; les historiens sont d'accord que la fête était donnée pour elle, bien qu'offi-ciellement elle eût lieu en l'honneur des deux reines.

La fête principale fut divisée en trois journées et suivie de réjouissances et de divertissements qui se prolongèrent pendant quatre autres jours.

La fête des *Plaisirs de l'Isle Enchantée*, commença le 7 mai et se termina le vendredi 9 par l'embrase-ment du palais d'Alcine.

Le premier jour il y eut un carrousel, course de bague, concert et festin servi dans le parc.

Le second se termina par la comédie en musique, avec ballet, de la *Princesse d'Élide*.

Le troisième jour, le ballet du *Palais d'Alcine* fut représenté sur un théâtre construit au milieu du grand étang et représentant le palais d'Alcine. Après le ballet un magnifique feu d'artifice embrasa le palais et détruisit les enchantements d'Alcine.

Molière, Benserade, le président de Perigny et

---

[1] Voltaire, *Siècle de Louis XIV*, t. XXI, p. 105, 1784. Imprimerie de la Société littéraire typographique.

Lulli furent appelés par le roi à concourir à l'éclat de la fête.

Molière composa en quelques jours la comédie-ballet de *la Princesse d'Élide,* en cinq actes. Il écrivit les deux premiers actes en vers et les derniers en prose ; le temps lui avait manqué pour les versifier.

Molière représenta Moron, le fou de la princesse d'Élide. Mademoiselle de Molière joua le rôle de la princesse d'Élide avec le plus grand succès. Sa beauté, son talent lui attirèrent les hommages des jeunes seigneurs de la cour. Ces hommages furent le commencement des malheurs domestiques de notre immortel comique.

La Princesse d'Élide termina les fêtes de la deuxième journée (8 mai 1664).

La comédie des *Fâcheux,* avec entrée et ballets, fut représentée par Molière et sa troupe, sur un théâtre placé dans le salon du château, le dimanche 11 mai.

« Le lundi 12, le roi fit jouer une comédie, nommée
« *Tartufe* que le sieur de Molière avait fait contre
« les hypocrites : Mais quoi qu'elle eut esté trouvée
« fort divertissante, le roy connut tant de confor-
« mité entre ceux qu'une véritable dévotion met
« dans le chemin du ciel et ceux qu'une vaine osten-
« tation des bonnes œuvres n'empesche pas d'en
« commettre de mauvaises, que son extrême délica-
« tesse pour les choses de la religion ne put souffrir
« cette ressemblance du vice avec la vertu, qui pou-
« voient être pris l'un pour l'autre ; et quoi qu'on ne
« doutast point des bonnes intentions de l'auteur, Sa
« Majesté l'a défendit pourtant en public, et se priva
« lui-même de ce plaisir, pour n'en pas laisser abu-

« ser à d'autres moins capables d'en faire un juste
« discernement[1].

Molière n'avait donné que les trois premiers actes
de *Tartufe*, les seuls qui fussent alors écrits. Achevé
quelques mois après, ce chef-d'œuvre fut joué en
décembre 1664, malgré l'interdiction royale, au
Raincy, chez le prince de Condé.

Pendant trois ans l'interdiction subsista, enfin
avant son départ pour l'armée de Flandre le roi per-
mit la représentation à la condition que la pièce por-
terait le titre de *l'Imposteur* et que le nom de Tartufe serait changé en celui de Panulphe. Représentée
le 5 août 1667, la pièce eut un succès immense qui
lui attira les défenses du parlement de Paris et les
foudres d'excommunication de l'archevêque de Paris.

Le 13 mai, dernier jour des fêtes, Molière fit repré-
senter sa comédie du *Mariage forcé*, avec entrée de
ballets et récits.

Le Roi quitta Versailles le 14 et prit le chemin de
Fontainebleau.

Voltaire[2] qui a consacré plusieurs pages à la des-
cription de cette fête brillante en a fait l'éloge suivant :

« La principale gloire de ces amusemens, qui
« perfectionnaient en France le goût, la politesse
« et les talens, venait de ce qu'ils ne dérobaient
« rien aux travaux continuels du monarque. Sans
« ces travaux il n'aurait su que tenir une cour, il
« n'aurait pas su régner ; et si les plaisirs magni-
« fiques de cette cour avaient insulté à la misère
« du peuple, ils n'eussent été qu'odieux ; mais le

---

[1] *Plaisirs de l'Isle enchantée*, p. 90 et 91.
[2] Voltaire, *Siècle de Louis XIV*, édition déjà citée, t. XXI, p.
108.

« même homme qui avait donné ces fêtes avait
« donné du pain au peuple dans la disette de 1662.
« Il avait fait venir des grains que les riches ache-
« tèrent à vil prix, et dont il fit des dons aux pauvres
« familles à la porte du Louvre : il avait remis au
« peuple trois millions de tailles : nulle partie de
« l'administration intérieure n'était négligée ; son
« gouvernement était respecté au dehors. Le roi
« d'Espagne obligé de lui céder la préséance, le pape
« forcé de lui faire satisfaction, Dunkerque ajouté à
« la France par marché glorieux à l'acquéreur et
« honteux pour le vendeur ; enfin toutes ses démar—
« ches depuis qu'il tenait les rênes avaient été ou
« nobles ou utiles : il était beau après cela de donner
« des fêtes. »

Le Roi voulut conserver à la postérité le souvenir
des magnifiques fêtes qu'il avait fait célébrer.

La Relation de ces fêtes comprenant le texte de
la *Princesse d'Elide*, les vers du président de Perigny
à la louange des Reines, et ceux de Benserade pour
les devises des chevaliers, fut rédigée par l'ordre du
Roi et imprimée à Paris, à l'imprimerie Royale.

Cette Relation, de 94 pages in-folio, porte le titre
suivant :

Les Plaisirs de l'Isle enchantée, course de bague;
collation ornée de machines; comédie meslée de
danse et de musique; ballet du palais d'Alcine ; feu
d'artifice et autres festes galantes et magnifiques
faites par le Roy, à Versailles, le VII may MDCLXIV, et
continuées plusieurs autres jours.

Ensuite se trouvent un grand écusson royal, et à
la fin ces mots : *A Paris, de l'Imprimerie Royale*,
MDCLXXIII.

A la tête de la 3ᵉ page on voit une charmante vignette de Chauveau, représentant dans le fond l'embrasement du palais d'Alcine, et sur le premier plan des Amours jouant des instruments de musique, chantant et dansant.

Sur le verso du 94ᵉ feuillet non chiffré, on lit : *A Paris, de l'Imprimèrie Royale*, par les soins de Sébastien Mabre Cramoisy, directeur de ladite imprimerie, MDCLXXIV.

Ainsi la date du titre et celle de la fin du volume sont différentes.

Le Roi fit dessiner et graver par Israël Silvestre neuf dessins représentant les principales scènes des fêtes.

La première planche, servant de titre gravé, représente la vue du château de Versailles et les écus des chevaliers. Entre les écus se trouvait cette légende : *Les plaisirs de l'Isle enchantée, ou les festes et divertissemens du Roi à Versailles divisez en trois journées et commencez le 7ᵉ jour de mai 1664.*

Au milieu des écus, et entre deux Amours, se trouve le bouclier du roi, figurant le soleil, avec cette devise : *Nec cesso nec erro.*

La seconde planche, 1ʳᵉ journée : Marche du Roy et de ses chevaliers avec toutes leurs suittes autour du camp de la course de bague, représentant Roger et les autres chevaliers enchantez dans l'isle d'Alcine.

La troisième, 1ʳᵉ journée : Comparse du Roy et de ses chevaliers avec toutes leurs suittes dans le camp de la course de bague pendant l'ouverture de la feste faite par les récits d'Apollon et des quatre Saisons assis sur un grand char de triomphe.

La quatrième, 1ʳᵉ journée : Course de bague dis-

putée par le Roy et ses chevaliers représentant
Roger et les autres chevaliers enchantez dans l'isle
d'Alcine.

La cinquième, 1ʳᵉ journée : Comparses des quatre
Saisons, avec leur suitte de concertans et por-
teurs de présens, et de la machine de Pan, et de
Diane avec leur suitte de concertans, et de bergers
portant les plats pendant le recit des uns et des autres
devant le Roy et les Reynes.

La sixième, 1ʳᵉ journée : Festin du Roy, et des
Reynes, avec plusieurs princesses et dames, servi de
tous les mets et présents faits par les Dieux et les
quatre Saisons.

La septième, 2ᵉ journée : Théâtre fait dans la
mesme allée sur lequel la comédie et le ballet de la
princesse d'Élide furent représentez.

La huitième, 3ᵉ journée : Théâtre dressé au milieu
du grand estang représentant l'isle d'Alcine ou pa-
roissoit son palais enchanté sortant d'un petit rocher
dans lequel fut dansé un ballet de plusieurs entrées
et aprez quoi ce palais fut consumé par un feu d'artifice et représentant la rupture de l'enchantement
après la fuite de Roger.

La neuvième et dernière, 3ᵉ journée : Rupture du
palais et des enchantements de l'isle d'Alcine, représentée par un feu d'artifice.

Indépendamment de cette relation avec figures, il
existe sur *les Plaisirs de l'Isle enchantée* les ouvrages
suivants :

1° *Les Plaisirs de l'Isle enchantée,* course de
Bague, collation ornée de machines, comédie meslée
de danse et de musique, ballet du palais d'Alcine,
feu d'artifice et autres festes galantes et magni-

fiques faites par le Roy à Versailles le 7 may 1664 et continuées plusieurs autres jours. A Paris, chez Robert Ballard, imprimeur du Roy pour la musique, 1664, avec privilége de Sa Majesté, in-folio.

Edition originale de celle dont il vient d'être parlé; elle contient 96 pages.

La pagination est régulière jusqu'à la page 82 ; la page 83 porte le chiffre 71 ; les pages 84 à 96 ne sont pas chiffrées.

2° *Relation des divertissemens que le Roy a donnés aux Reines dans le parc de Versailles*, écrite à un gentilhomme qui est de présent hors de France (par de Marigny). Paris, Barbin, 1664, in-8°.

3° *Les Plaisirs de l'Isle enchantée, ou la Princesse d'Élide*. Paris, J. Guignard, 1668, in-12;

4° *La Princesse d'Élide*, comédie héroïque meslée de musique et d'entrée de ballet. Paris, R. Ballard, 1669, in-4°;

Il n'y a que les intermèdes.

5° Les *OEuvres de M. Molière*. Paris, Loyson, 1672, in-12.

Le tome 2ᵉ contient les *Plaisirs de l'Isle enchantée*, course de bague, collation, etc.

6° La *Princesse d'Elide*, comédie du sieur Molière, ensemble les *Plaisirs de l'Isle enchantée*, course de bague, collation ornée de machines, meslée de danse et de musique, ballet du palais d'Alcine, feu d'artifice et autres festes galantes de Versailles. *A la Sphère,* suivant la copie imprimée à Paris, 1679 (Elzevier), in-12.

Cette pièce fait partie du tome II des *OEuvres de M. de Molière. A la Sphère ,* Amsterdam , chez Jacques le Jeune (Elzevier), 1679, in-12.

7° *Les Œuvres de M. de Molière*. Paris, Thierry-Barbin et Trabouillet, 1697, in-12.

Le tome II contient *les Plaisirs de l'Isle enchantée*.

8° *Les Œuvres de Molière*. Nouvelle édition, Paris, 1734, in-4°, tome III°.

Edition donnée par Antoine Joly, avec les figures de Boucher, gravées par Laurent Cars.

9° *Les Œuvres de Molière*. Paris, David l'aîné, 1739, in-8°, tome III°.

10° *Les Œuvres de Molière*. Paris, Aumont, 1760, in-12, tome III°.

11° *Les Œuvres de Molière*. Paris, Bailly, 1770, in-12, tome III°.

Même édition que la précédente avec titre nouveau.

12° *Les Œuvres complètes de Molière*. Paris, L'heureux, 1823 à 1824, in-8°, tome III°.

Edition donnée par M. Jules Taschereau.

13. *Les Œuvres de M. de Bensserade* (sic) ! *A la Sphère;* suivant la copie imprimée à Paris, chez Charles de Sercy, 1698, in-12.

2° partie : *Vers pour les Plaisirs de l'Isle enchantée,* course de bague, faite par le Roy à Versailles le sixième may 1668.

Cette dernière date est erronée.

CHAPITRE II

LA FESTE DE VERSAILLES

DU 18 JUILLET 1668.

« Le Roy ayant accordé la paix[1] aux instances
« de ses alliez et aux vœux de toute l'Europe et
« donné des marques d'une modération et d'une
« bonté sans exemple, mesme dans le plus fort de
« ses conquestes, ne pensoit plus qu'à s'appliquer
« aux affaires du Royaume, lorsque, pour réparer
« en quelque sorte ce que la cour avoit perdu dans
« le carnaval, pendant son absence, il résolut de
« faire une feste dans le jardin de Versailles, ou
« parmi les plaisirs que l'on trouve dans un séjour
« si délicieux, l'esprit fust encore touché de ces
« beautez surprenantes et extraordinaires dont ce
« grand prince sçait si bien assaisonner tous ses
« divertissemens.

« Pour cet effet, voulant donner la comédie en

---

[1] Le 2 février 1668, Louis XIV quitta Saint-Germain-en-Laye
avec toute sa cour; le 7 il arriva à Dijon; le grand Condé l'avait
devancé, il avait pris l'offensive le 3, et le 5 il était entré dans la
Franche-Comté.... En quinze jours la Franche-Comté tout entière
était soumise.... Le 2 mai la France signait la paix avec l'Espagne à
Aix-la-Chapelle.

« suite d'une collation et le souper après la comédie
« qui fust suivi d'un bal et d'un feu d'artifice; il jetta
« les yeux sur les personnes qu'il jugea les plus ca-
« pables pour disposer toutes les choses propres à
« cela. Il leur marqua luy-mesme les endroits où la
« disposition du lieu pouvoit par sa beauté naturelle
« contribuer davantage à leur décoration. Et parce
« que l'un des plus beaux ornements de cette maison
« est la quantité des eaux que l'art y a conduites mal-
« gré la nature qui les luy avoit refusées, Sa Majesté
« leur ordonna de s'en servir le plus qu'ils pour-
« roient à l'embellissement de ces lieux et mesme
« leur ouvrit les moyens de les employer et d'en
« tirer les effets qu'elles peuvent faire [1].

Le duc de Créqui, premier gentilhomme de la
chambre, le maréchal de Bellefond, premier maître
d'hôtel du Roi, Colbert, surintendant des bâtiments,
furent les ordonnateurs de la fête.

Vigarini, Gissey et Le Vau premier architecte du
Roi, firent construire dans les allées du parc les
salles du théâtre, du festin et du bal.

Le mercredi, 18 juillet 1668, le Roi partit de Saint-
Germain-en-Laye avec la Reine, le Dauphin, Monsieur et Madame, et vint dîner à Versailles. Toute la
cour arriva dans l'après-midi.

La fête commença à six heures par une collation
servie dans le petit parc ; après la collation, Molière
et sa troupe représentèrent la comédie de *Georges
Dandin* avec intermèdes de chant et ballet. La musique était de Lulli. Molière remplissait le rôle de
Georges Dandin.

---

[1] *Relation de la Feste de Versailles,* du 18 juillet 1668, par Feli-
bien , Imprimerie Royale, 1679, in-fol., p. 3 et 4.

Félibien dans sa *Relation*, apprécie la comédie de
la manière suivante [1] :

« Toute cette pièce est traitée de la mesme sorte
« que le sieur de Molière a de coustume de faire ses
« autres pièces de théâtre ; c'est-à-dire qu'il y re-
« présente avec des couleurs si naturelles le carac-
« tère des personnes qu'il introduit, qu'il ne se peut
« rien voir de plus ressemblant que ce qu'il a fait
« pour montrer la peine et les chagrins où se trou-
« vent ceux qui s'allient au-dessus de leur condi-
« tion. Et quand il dépeint l'humeur et la manière
« de faire de certains nobles campagnards, il ne
« forme pas de traits qui n'expriment parfaitement
« leur véritable image.. . . .

« On peut dire que dans cet ouvrage le sieur de
« Lully a trouvé le secret de satisfaire et charmer
« tout le monde ; car jamais il n'y a rien eu de si
« beau, ni de mieux inventé. Si l'on regarde les dan-
« ses, il n'y a point de pas qui ne marque l'action
« que les danseurs doivent faire et dont les gestes
« ne soient autant de paroles qui se fassent enten-
« dre. Si l'on regarde la musique, il n'y a rien qui
« n'exprime parfaitement toutes les passions et qui
« ne ravisse l'esprit des auditeurs. Mais ce qui n'a
« jamais esté veü, est cette harmonie de voix si
« agréable, cette simphonie d'instruments, cette
« belle union de différens chœurs, ces douces
« chansonnettes, ces dialogues si tendres et si
« amoureux, ces échos, et enfin cette conduite admi-
« rable dans toutes les parties, car depuis les pre-
« miers récits l'on a veü toujours que la musique

[1] *Relation de la Feste de Versailles*, etc., p. 16 et 17 ..... 22.

« s'est augmentée, et qu'enfin après avoir com-
« mencé par une seule voix elle a fini par un con-
« cert de plus de cent personnes qu'on a veües tou-
« tes à la fois sur un mesme théâtre joindre
« leurs instruments, leurs voix et leurs pas dans un
« accord et une cadence qui finit la pièce en laissant
« tout le monde dans une admiration qu'on ne peut
« oser exprimer. »

Après le spectacle, le Roi se rendit avec la cour
dans la salle du festin ou une table somptueuse était
servie. Le Roi s'y assit avec Monsieur et quarante-
sept dames qu'il avait désignées et parmi lesquelles
se trouvait la duchesse de La Vallière.

Dans une allée voisine une table avait été préparée
sous une tente pour la Reine, Mademoiselle, madame
la Princesse, Madame, et la princesse de Carignan.

Huit autres tables avaient été dressées sous quatre
tentes et étaient présidées par la comtesse de Sois-
sons, la princesse de Bade, la duchesse de Créqui,
la maréchale de la Mothe, la duchesse de Montau-
sier, la maréchale de Bellefond, la maréchale d'Hu-
mières et madame de Béthune.

Enfin d'autres tables avaient été établies dans le
parc pour les invités. Dans la grotte, près du château, il y avait trois tables, de vingt-deux couverts
chacune, pour les ambassadeurs.

Le festin terminé, le Roi se rendit avec sa cour
dans la salle du bal.

Après le bal, le palais et le parc furent illuminés
d'une manière splendide, et la fête se termina par
des feux d'artifice tirés de tous côtés.

Le Roi et la cour quittèrent ensuite Versailles et
retournèrent à Saint-Germain.

André Félibien, sieur des Avaux et de Javercy [1], fut chargé par le Roi d'écrire la relation de cette fête. Cet ouvrage, d'abord publié en 1668, par P. Le Petit, in-4, fut ensuite imprimé à l'Imprimerie Royale en 1679, in-folio. Il porte le titre suivant: *Relation de la Feste de Versailles* du 18 juillet mil six cens soixante-huit. A Paris, de l'Imprimerie Royale, MDCLXXIX; au milieu de ce titre, l'écusson aux armes de France. Il comprend quarante-trois pages; en tête de la 3ᵉ page existe la vignette de Chauveau dont il a été parlé dans le chapitre précédent. A la page 43ᵉ et dernière se trouve la signature de Félibien et cette mention : A Paris, de l'Imprimerie Royale, par Sébastien Mabre Cramoisy, directeur de ladite imprimerie, MDCLXXIX.

Le Pautre grava, en 1678, cinq planches représentant les principales scènes de cette fête.

La première représente la *Collation* donnée dans le petit parc de Versailles;

La seconde, les *Festes de l'Amour et de Bacchus*, comédie en musique représentée dans le petit parc de Versailles ;

La troisième, le *Festin* donné dans le petit parc de Versailles;

La quatrième, la *Salle du Bal* donné dans le petit parc de Versailles ;

Et la cinquième et dernière, les *Illuminations du Palais et des Jardins de Versailles.*

---

[1] Félibien était né à Chartres en 1619, il mourut le 11 juin 1695, il est le père de Dom Michel Félibien, bénédictin qui publia l'*Histoire de la ville de Paris*. André Félibien par la protection de Fouquet et de Colbert devint historiographe des bâtiments, secrétaire de l'Académie d'architecture et garde du cabinet des antiques.

2

Ces planches portent des inscriptions latines qui sont la traduction de celles ci-dessus.

On attribue à Molière une Relation en prose de cette fête, publiée sous ce titre : *Le grand Divertissement royal de Versailles*. Paris, Robert Ballard, 1668, in-4.

Dans le tome V des *OEuvres* de Molière, publiées à Paris en 1734, in-4, magnifique édition avec les dessins de François Boucher, on trouve la Relation de la fête de 1668. Cette Relation, moins complète que celle in-folio, ne contient pas les deux passages cités plus haut, relatifs à Molière et à Lulli.

CHAPITRE III

LES DIVERTISSEMENS DE VERSAILLES

donnez par le Roy à toute la Cour au retour de la con-queste de la Franche-Comté en l'année MDCLXXIV.

Louis XIV, après avoir rompu, le 16 avril 1674, les conférences de Cologne par le rappel de ses ambassadeurs, se mit en mesure de porter la guerre dans la Franche-Comté. Dès le 25, le duc d'Enghien avait investi Besançon ; le roi arriva devant cette place le 2 mai ; Vauban commença immédiatement le siége ; le 15 elle capitula et le 22 la citadelle se rendit.

Les autres villes de la Franche-Comté suivirent l'exemple de Besançon ; Dôle se soumit le 6 juin, et le 19 le Roi repartit pour Fontainebleau, laissant aux ducs de Duras et de la Feuillade la gloire d'achever ses travaux.

La Feuillade ouvrit la tranchée devant Salins le 14 juin, occupa les deux forts qui couvraient cette ville le 21 et entra le 22 dans la place. Duras s'empara des forts presque inaccessibles de Joux et de Sainte-Anne. Enfin le marquis de Revel compléta la conquête de la Franche-Comté par la prise de Lure, de Luxeuil et de Faucognei.

Au commencement de juillet 1674 tout était terminé ; cette nouvelle conquête avait coûté plus de peine que celle de 1668, mais elle était définitive, et la Franche-Comté était à jamais réunie à la France.

L'arc de triomphe élevé à la porte Saint-Martin conserva à la postérité la gloire durable du grand Roi. Celui de la porte Saint-Denis, élevé à la mémoire de la campagne de 1668, n'était qu'un trophée de gloire passagère : l'arc de triomphe de la porte Saint-Martin fut un monument d'une conquête définitive.

Le Roi victorieux, à son arrivée à Versailles, ordonna des fêtes et des réjouissances en l'honneur de sa conquête. Ces fêtes furent divisées en six journées.

Le premier jour, mercredi 4 juillet 1674, après une collation préparée dans un petit bois appelé le Marais, le Roi et la Cour retournèrent au château pour assister à la représentation de la tragédie lyrique d'*Alceste*, dont le poëme est de Quinault et la musique de Lulli. — Le théâtre avait été dressé dans la cour de marbre. — Après la représentation le Roi et la Reine rentrèrent dans le château où un souper de médianoche leur avait été préparé.

La deuxième journée se passa, le mercredi 11 juillet, à Trianon. Dans un salon de verdure, préparé dans le parc, des musiciens chantèrent *l'Eglogue de Versailles,* en présence du Roi et de la Cour.

Après la musique, le Roi et la Cour firent une promenade dans le parc de Versailles ; à 9 heures du soir ils se transportèrent dans le petit parc à la salle du Conseil, où un magnifique souper fut servi au bruit harmonieux des violons et des hautbois.

Le 19 juillet le Roi se rendit dans le parc à l'extrémité du canal, vis-à-vis de Trianon, au lieu appelé la Ménagerie, et offrit une collation aux dames de la Cour. Après la collation il prit place avec toute la cour sur des gondoles superbement parées et se livra au divertissement de la promenade sur le canal. Un grand vaisseau suivait les gondoles ; il contenait les chanteurs, les violons et le hautbois, qui faisaient entendre un agréable concert de voix et d'instruments.

Le Roi descendit à la tête du canal, monta en voiture et se dirigea vers le théâtre, placé devant la grotte pour la représentation du *Malade imaginaire*.

Cette charmante comédie dont l'auteur était mort depuis une année [1] fut jouée par les comédiens du Roi. — Félibien, dans sa Relation, dit que Leurs Majestés et toute la Cour ne reçurent pas moins de plaisir du *Malade imaginaire* qu'elles en avaient toujours eu aux pièces de son auteur.

La quatrième journée eut lieu le samedi 28 juillet ; le Roi donna une collation *d'une grandeur et d'une magnificence vraiment royales* sur le théâtre élevé dans un des bois du petit parc. La Roi et la Reine restèrent dans la salle de la collation jusqu'à l'entrée de la nuit ; ils allèrent ensuite à l'extrémité de l'avenue du Dragon, du côté de la Tour d'Eau où se trouvait un théâtre préparé pour la représentation de l'opéra des *Festes de l'Amour et de Bacchus*, dont la musique est de Lulli.

Le Roi et la Reine montèrent en calèche après

---

[1] Molière mourut le 17 février 1673.

la représentation et firent une promenade aux flambeaux dans le petit parc qui avait été splendidement illuminé; ils se rendirent enfin entre le parterre d'eau et le Fer-à-Cheval pour assister à un feu d'artifice tiré sur le canal.

Après minuit Leurs Majestés rentrèrent au château, la cour de marbre était illuminée et un souper de médianoche y était servi.

Le samedi 18 août, après une promenade dans le petit parc et une collation offerte à la cour dans un bosquet entre l'allée Royale et l'allée de Bacchus, le Roi et la Cour se transportèrent à l'extrémité de l'allée de l'Orangerie où un théâtre avait été élevé pour la représentation de la tragédie d'*Iphigénie*, « dernier ouvrage du sieur Racine, qui re- « çeut de toute la cour l'estime qu'ont toujours eu « les pièces de cet autheur. »

La grande pièce d'eau avait été illuminée d'une manière qui surprit tout le monde; Charles Lebrun avait donné les dessins de cette illumination; au bruit du canon, un feu d'artifice de la plus grande magnificence fut tiré sur le canal et termina la cinquième journée.

Le 31 août le Roi voulut faire admirer des beautés que l'on n'eût point encore vues; il chargea Vigarini de la direction de la fête. Louis XIV sembla, cette fois, avoir été servi par la magie, tant les yeux et l'esprit se trouvèrent surpris par les différentes merveilles dont ils furent charmés.

Le Roi, sorti à une heure de nuit la plus noire et la plus tranquille, vit tout à coup les parterres tracés par une ligne de lumières; la grande terrasse devant le château, était bordée d'un double rang de

feu ; les rampes, les degrés du Fer-à-Cheval, les fontaines étaient pareillement éclairés ; le bassin d'A-
pollon, le grand canal étaient ceints d'une bande de
lumières. A son extrémité, Vigarini avait fait élever
un palais d'une structure magnifique, illuminé de
la façon la plus splendide.

Le Roi, la Reine et la Cour montèrent sur des gondoles et se promenèrent sur le grand canal, aux sons
de la musique, au milieu de cette merveilleuse illumination.

Le Roi chargea Félibien des Avaux d'écrire la
relation de ces magnifiques divertissements. Cette
relation a été imprimée à l'Imprimerie Royale, sous
ce titre : *Les Divertissemens de Versailles donnez
par le Roy à toute sa cour au retour de la conqueste
de la Franche-Comté en l'année* MDCLXXIV. A Paris,
de l'Imprimerie Royale, MDCLXXVI. Au centre du
titre se trouvent les armes de France.

Elle comporte 34 pages in-folio ; à la dernière se
trouve la signature de Félibien et cette souscription :
« A Paris, de l'Imprimerie Royale, par Sébastien
Mabre Cramoisy, directeur de ladite imprimerie,
MDCLXXVI. »

De charmantes vignettes de Chauveau et de Le-
clerc existent en tête de la relation de la première
journée, et à la fin de la relation des troisième,
quatrième et cinquième.

Le Pautre grava, en 1676, cinq planches, et
Chauveau, en 1675, une autre planche, qui ornent
la relation de Félibien ; les souscriptions de ces
planches sont les suivantes :

La 1re, première journée : « *Alceste*, tragédie en
musique, ornée d'entrées de ballet, représentée à

Versailles, dans la cour de marbre du Chasteau, éclairé depuis le haut jusqu'en bas d'une infinité de lumières. »

La 2ᵉ, seconde journée : « Concerts de musique sous une feuillée faite en forme de salon, ornée de fleurs, dans le jardin de Trianon. » Cette planche est de Chauveau.

La 3ᵉ, troisième journée : « Le *Malade imaginaire,* comédie représentée dans le jardin de Versailles. devant la grotte. »

La 4ᵉ, quatrième journée : « Festin, dont la table estoit dressée autour de la fontaine de la cour de marbre du Chasteau de Versailles, au-dessus de laquelle s'élevoit une colonne toute de lumière. »

La 5ᵉ, cinquième journée : « Feu d'artifice sur le canal de Versailles.

Enfin, la 6ᵉ et dernière, sixième journée : « Illuminations autour du grand canal de Versailles, représentant des palais, des pyramides, des fontaines, des statues, des termes, des poissons, etc.»

Les planches des *Plaisirs de l'Isle enchantée,* de la *Feste de Versailles du* 18 *juillet* 1668, et des *Divertissemens de Versailles de* 1674, sans texte, et au nombre de vingt, forment le onzième volume de la collection d'estampes connue sous le nom de *Cabinet du Roi*, et qui, lorsqu'elle est complète, comprend 23 volumes grand in-folio.

La relation de Félibien avait été imprimée en 1674. Paris, J. B. Coignard, in-12. C'est l'édition originale.

CHAPITRE IV

L'EXEMPLAIRE DE LA BIBLIOTHÈQUE
SAINTE-GENEVIÈVE.

———

Charles Maurice Le Tellier, archevêque de Reims, avait collectionné une magnifique bibliothèque de livres rares et précieux, *la plus belle de l'Europe pour un particulier* [1].

Nicolas Clément de Toul, bibliothécaire en second à la bibliothèque du roi, fut chargé par Charles Maurice de rédiger le catalogue de cette bibliothèque. Ce catalogue a été imprimé à l'imprimerie Royale, en 1693, in-folio, il porte le titre suivant : *Bibliotheca Telleriana, sive Catalogus librorum bibliothecæ illustrissimi ac reverendissimi D. D. Caroli Mauritii Le Tellier, archiepiscopi Ducis Remensis, primi Franciæ Paris*, etc.

Charles Maurice possédait : 1° un exemplaire des *Plaisirs de l'Isle enchantée*, texte et figures ; 2° un exemplaire de la *Relation de la Feste de Versailles* du 18 juillet 1668, texte et figures ; 3° et un exemplaire des *Divertissemens de Versailles*, donnés par

———

1 Saint-Simon, *Mémoires*, édition Hachette, tome VIII, page 118.

le roi en 1674, également texte et figures. Il forma
de ces trois ouvrages distincts un recueil, qu'il fit
magnifiquement relier en maroquin rouge, avec ses
armes sur les plats.

Ce recueil est inscrit dans la *Bibliotheca Telleriana*,
page 402, de la manière suivante :

> *Les Plaisirs de l'Isle enchantée*, festes galantes données par le
> Roy à Versailles en 1664. Paris, de l'Imprimerie Royale, 1673.
> *Relation de la Feste de Versailles* du 18 juillet 1668. Ibid., 1679.
> *Les divertissements de Versailles* donnez par le Roy en 1674.
> Ibid., 1676.

Cette désignation du catalogue est entièrement
conforme au recueil relié en maroquin rouge aux
armes de l'archevêque de Reims.

Charles Maurice possédait un autre exemplaire de
ce recueil, relié aux armes du Roi et incomplet. Le
texte des *Plaisirs de l'Isle enchantée,* celui des *Divertissemens de Versailles* manquent dans ce second
exemplaire, qui ne contient que les planches de ces
deux ouvrages.

Sur le catalogue *usuel* de la Bibliothèque de l'archevêque de Reims, en face de l'accolade ci-dessus
figurée se trouve le numéro 96; un peu plus bas
existe un autre numéro 96 avec l'exposant 2. Cette
indication du catalogue constate d'une manière incontestable pour tout bibliothécaire l'existence, dans
la bibliothèque de Charles Maurice, de deux exemplaires, numéros 96 et 96 [2], lettre Z.

Charles Maurice Letellier mourut en 1710; par
son testament olographe, daté de 1709, il avait légué
sa bibliothèque à l'Abbaye de Sainte-Geneviève.

L'abbaye de Sainte-Geneviève a eu en sa posses-

sion les deux exemplaires ; l'état matériel du catalogue *usuel* et de la tâble de ce catalogue usuel,
connue sous le nom de : *Index Bibliothecæ Telle-
rianæ*, ne laisse aucun doute sur cette possession.

Pendant les troubles de la première révolution,
l'exemplaire complet relié aux armes de l'archevêque
Letellier (numéro 96, lettre Z du catalogue) a disparu avec d'autres livres précieux des rayons de la
Bibliothèque Sainte-Geneviève ; il a été retrouvé ré-
cemment chez le sieur Schlesinger, libraire, demeu-
rant à Paris, rue de Seine.

Il fut réclamé à l'amiable ; toutes justifications et
explications décisives furent données au détenteur,
et aucun doute sérieux ne dut rester dans son esprit
sur la légitimité du droit de la Bibliothèque Sainte-
Geneviève. Le sieur Schlesinger consentait à rendre
le volume, mais à la condition qu'il serait indemnisé
du prix qu'il avait payé dans une vente publique faite
à l'étranger. Une pareille condition équivalait à un
refus, surtout dans les circonstances particulières où
elle était posée. De là le procès pendant devant le
Tribunal de première instance de la Seine.

Les objections qui ont été ou qui peuvent être
faites contre la demande de la Bibliothèque Sainte-
Geneviève sont les suivantes :

1.º La bibliothèque doit prouver que le livre revendiqué se trouvait dans la bibliothèque de l'archevêque de Reims à son décès, et qu'il est entré en
1710 dans l'Abbaye de Sainte-Geneviève ;

2.º La bibliothèque doit prouver que le livre n'a-
vait pas été volé avant 1789, et que c'est depuis
cette époque qu'il a disparu de ses rayons.

Toutes autres objections ne seraient pas sérieuses et ne mériteraient pas la peine de s'y arrêter. La question de l'inaliénabilité et de l'imprescriptibilité des livres des bibliothèques publiques a été tranchée d'une manière définitive par le jugement rendu le 14 janvier 1859, dans l'affaire Chavin de Malan, et ce jugement a en outre décidé que le droit de reprise des livres volés devait s'exercer contre le détenteur sans aucune indemnité à lui payer, et même, dans certains cas, avec des dommages-intérêts dus par lui aux bibliothèques.

PREMIÈRE OBJECTION.

Un collectionneur de livres est un avare ; comme ce dernier, il est dominé par une passion qui devient chaque jour plus puissante et plus absorbante ; il lui est aussi pénible, aussi cruel de donner un livre précieux, qui manquerait alors à sa bibliothèque, qu'il est douloureux à l'avare de donner ou même de prêter une partie du trésor qu'il a sans cesse augmenté.

Si jamais un amateur de livres fait un cadeau d'un de ses livres, il est certain qu'il ne donne qu'un double, le moins beau, le moins précieux, le moins rare de sa bibliothèque, celui qui n'occasionnera pas un vide sur ses rayons, et qu'il pourra remplacer facilement.

Charles-Maurice Le Tellier avait deux exemplaires du livre, objet de cette notice, l'un complet et à ses armes, l'autre incomplet et aux armes du Roi; l'un précieux et unique, l'autre sans grande valeur et assez commun. Est-il possible de soutenir qu'il a volontairement donné le livre complet à ses armes, précieux et unique, et qu'il a conservé l'exemplaire sans valeur et incomplet, qu'il était à cette époque très-facile de trouver même complet.

Les amateurs qui font relier des livres à leurs armes se proposent un double but : rendre plus précieux leurs livres, et en assurer surtout la conservation dans leur bibliothèque.

Ce but, qui a été celui de Charles-Maurice, a été pendant toute sa vie sa règle de conduite, et à la fin de sa carrière le motif du legs par lui fait à l'abbaye de Sainte-Geneviève ; il n'a pas entendu que sa belle bibliothèque fût dispersée après sa mort, et il a voulu qu'elle fût conservée et maintenue tout entière dans des mains immuables.

En instituant l'abbaye de Sainte-Geneviève légataire de sa bibliothèque, l'archevêque de Reims n'a pas eu seulement intention de favoriser de savants religieux avec lesquels il était en parfaite concordance d'opinions religieuses ; il a entendu donner sa belle et riche collection à des hommes qui sauraient l'apprécier, la conserver et la défendre, et qui, depuis près d'un siècle, donnaient l'exemple d'un amour éclairé pour les livres.

Les Génovefains avaient à cette époque une fort précieuse bibliothèque qu'ils augmentaient sans cesse et qui était, à juste titre, leur passion et leur orgueil.

Le Gallois, dans son *Traité des plus belles bibliothèques d'Europe*, dit : La septième bibliothèque (de « l'Europe) est celle des religieux de Sainte-Geneviève, qui deviendra très-considérable avec le « temps par les soins du père du Molinet. »

On était alors en. 1680, c'est-à-dire trente ans avant le legs de Charles-Maurice Le Tellier.

Neimitz, conseiller du prince de Waldeck, qui fit un voyage en France dans les premières années du xviiie siècle, publia à Francfort, en 1718, un livre allemand qui fut traduit en français, en 1727, sous le titre de : *Séjour à Paris, c'est-à-dire Instructions fidèles pour les voyageurs de condition.*

Dans la traduction on trouve ce passage :

« Après la bibliothèque roïale, j'estime celle de « l'abbaïe roïale de Sainte-Geneviève-du-Mont, la « meilleure, la plus nombreuse et la plus com- « plète. »

L'esprit qui animait alors les Génovefains ne s'est pas démenti, et nous verrons plus loin que leur bibliothèque s'est constamment accrue, et qu'ils ont ainsi rempli de la manière la plus complète la volonté de l'archevêque de Reims, leur bienfaiteur.

Ainsi donc la vraisemblance, la raison, la force des choses démontrent que l'archevêque de Reims n'a pas donné et n'a pu donner l'exemplaire complet relié à ses armes du recueil dont on vient de parler.

Cette démonstration serait suffisante pour prouver le bon droit de la bibliothèque Sainte-Geneviève dans le débat actuel. Mais nous avons une preuve incontestable à l'appui de notre argumentation. L'exemplaire usuel de la *Bibliotheca Telleriana* et son Index prouvent par le seul examen, et à première vue, que l'exemplaire revendiqué était possédé par Charles-Maurice Le Tellier au moment de sa mort, et qu'il est entré à l'abbaye de Sainte-Geneviève. Ce Catalogue usuel indique la lettre et le numéro du livre, et l'Index renvoie au Catalogue.

C'est là un titre affirmatif de propriété et de possession contre lequel échoueront toutes preuves négatives, si tant est qu'elles fussent possibles.

Enfin l'identité du livre désigné dans la *Bibliotheca Telleriana* et du livre saisi revendiqué est parfaite et incontestable. — Il y a un fait décisif sur ce point. — Au commencement du volume un feuillet de garde a été arraché, c'est celui sur lequel devaient se trouver les lettre et numéro du Catalogue de Sainte-Geneviève. En outre, le papier marbré ancien qui recouvrait le plat intérieur de la couverture a été remplacé par un papier moderne et très-glacé. Ce remplacement s'explique par la nécessité de faire disparaître l'étiquette du legs Le Tellier, collée sur le plat intérieur de la reliure.

DEUXIÈME OBJECTION.

Avant d'entrer dans l'exposé de quelques détails historiques que comporte la réponse en fait à la seconde objection, il importe de rétablir les vrais principes du droit civil en matière de preuve.

La bibliothèque Sainte-Geneviève a un titre clair et complet, elle est propriétaire de l'exemplaire revendiqué, en vertu : 1° du testament olographe de Charles-Maurice Le Tellier ; 2° du Catalogue usuel de la bibliothèque du testateur ; 3° de l'Index ou table alphabétique de ce Catalogue.

Elle présente ces titres à son adversaire qui les attaque. A qui incombe la preuve des attaques ? A celui qui les formule. La Bibliothèque n'a pas de preuves négatives à fournir, et elle a administré la preuve affirmative d'une façon incontestable. Ce titre est, dit-on, sans valeur. Prouvez qu'il est sans force, prouvez votre libération, prouvez à quelle époque vous avez commencé à prescrire, puisque vous parlez de prescription.

Et tout d'abord, y avait-il prescription sous l'ancien droit? La coutume de Paris, qui régirait la question, n'admet, dans son article 118, la prescription que pour les choses prescriptibles et à l'égard des non privilégiés.

Les biens de l'Église n'étaient pas dans le commerce, et les religieux étaient des privilégiés.

Claude Fleury, dans son *Traité de l'Institution au droit canonique*, 2ᵉ partie, chapitre XII [1], dit : « L'Église peut acquérir des immeubles par les « mêmes moyens que les particuliers, mais elle n'a « pas la même liberté d'aliéner. Les biens ecclésias-« tiques étant consacrés à Dieu, il n'y a aucun « homme qui en soit propriétaire ny qui puisse en « disposer autrement que les canons ont ordonné, « sans commettre un sacrilége. »

Lorsqu'il y avait des aliénations utiles à l'Eglise, il fallait obtenir l'approbation du pape et l'autorisation du Roi, parce qu'il était protecteur des églises et conservateur des canons.

Fleury fait connaître la forme à suivre pour ces aliénations, et il ajoute : « Si ces formes n'ont pas « été observées, l'aliénation est nulle, et l'acqué-« reur ny ses héritiers ne seront à couvert par aucun

---

[1] Première édition, publiée par Fleury. Paris, 1687, in-12.

« laps de tems , quelque longue que soit leur pos-
« session. »

Ainsi donc, sous ce rapport, l'objection du sieur
Schlesinger lui serait fort peu utile, car, lors même
qu'il prouverait que le vol a été commis antérieure-
ment à 1789, il ne pourrait pas invoquer la prescription. Au surplus, la Bibliothèque est sans inquiétude;
le sieur Schlesinger est dans l'impossibilité absolue
d'administrer aucune preuve à l'appui de ses allé-
gations.

La bibliothèque Sainte-Geneviève doit son ori-
gine au cardinal de La Rochefoucault, évêque de
Senlis et abbé de Sainte-Geneviève. A l'époque de
la réforme de l'abbaye, par ce prélat, en 1624, il
n'y avait alors aucun livre, et le cardinal donna
aux chanoines réformés 5 à 600 volumes de sa propre
bibliothèque. Tel fut le commencement de la Bibliothèque.

Grâce à la sollicitude des pères Fronteau et Lalle-
mant, tous deux chanoines de Sainte-Geneviève et
chanceliers de l'Université, la Bibliothèque prit un
rapide accroissement ; vers 1662 elle comprenait 7
à 8,000 volumes.

En 1687 on en comptait 20,000 ; en 1713, 60,000,
et enfin, en 1789, 90,000 et 3,000 manuscrits.

La passion des Génovefains pour leur bibliothèque avait continuellement augmenté, et les chiffres
que nous venons de donner prouvent qu'ils possé-
daient non-seulement l'esprit de conservation, mais
encore la volonté de faire une bibliothèque complète, réunissant toutes les facultés.

Ce n'est pas en présence d'un tel résultat qu'il
pourra être permis à l'adversaire de la bibliothèque

Sainte-Geneviève de prétendre que le livre revendiqué a été donné ou pu être volé pendant la période qui s'est écoulée de 1710 à 1789.

Aucune preuve ne pourrait être fournie par lui de cette allégation, tandis que quelques documents que nous allons faire connaître viendront à l'appui du fait essentiellement contraire.

L'*Almanach royal* de 1710 contenait l'avis suivant : « MM. de Sainte-Geneviève se font un hon-
« neur et un devoir d'en partager les richesses avec
« les sçavants qui veulent y étudier ; ils y trouve-
« ront toujours un accès facile, mais l'après-midi
« seulement, depuis deux heures jusqu'à cinq. »

La Bibliothèque n'était pas publique, toutefois il était possible à des savants d'y venir travailler. Il est intéressant pour le besoin de la cause de connaître de quelle manière se faisaient les communications. Un livre publié en 1847, auquel j'emprunte la citation de l'*Almanach royal* de 1710, donne au sujet de cet avis les renseignements les plus précieux, et je transcris le paragraphe suivant qui a son importance dans l'affaire [1].

« Les Génevofains étaient bien aises de pouvoir
« aider aux progrès des sciences et des lettres et en
« même temps de montrer leurs richesses biblio-
« graphiques ; mais ils apportaient dans toutes leurs
« communications des précautions extrêmes et une
« réserve qui rendaient l'usage de la Bibliothèque
« assez restreint. La surveillance était active et facile
« à cause du petit nombre de lecteurs et de visi-

---

[1] *Histoire de la Bibliothèque Sainte-Geneviève*, par Alfred de Bougy. Paris, Comptoir des Imprimeurs unis, 1847, in-8.

« teurs. On ne prêtait, *de crainte de soustraction,*
« que les in-folio et les in-quarto, leur forme ne
« permettant pas de craindre qu'ils fussent enlevés. »

Les communications quotidiennes ne furent pas
maintenues. Le Prince dans son *Essai historique
sur la Bibliothèque du Roi*, publié en 1782, fait
connaître que la bibliothèque Sainte-Geneviève était
à cette époque l'une des plus belles de Paris, qu'elle
renfermait un grand nombre d'anciennes éditions
dont plusieurs étaient extrêmement rares ; qu'elle
n'était pas publique, que cependant on pouvait s'y
présenter pour y travailler les lundis, mercredis et
vendredis de deux heures à cinq heures, excepté les
fêtes et le temps des vacances.

De tous ces faits, l'on doit conclure que le don du
livre revendiqué n'a jamais été ni pu être fait ; les
lois canoniques, l'esprit traditionnel des Génovefains,
leur sollicitude pour leur bibliothèque, n'en per-
mettent même pas la supposition.

Le vol est aussi invraisemblable que le don. Le
volume réclamé est in-folio ; sa dimension empêchait
toute dissimulation de soustraction de la part du
voleur, la surveillance exercée par le bibliothécaire
et les sous-bibliothécaires rendait cette soustraction
entièrement impossible. Ajoutez à cela que la bibliothèque n'était pas publique, que les visiteurs étaient
connus et en petit nombre, et qu'il eût été trop facile de constater le vol et de trouver le voleur.

La Bibliothèque de l'Abbaye a d'ailleurs toujours
eu à sa tête des hommes d'un haut mérite qui ont
honoré les sciences et les lettres. Je ne citerai que
quatre noms parce qu'ils appartiennent tout à la
fois à l'ancienne abbaye et à la nouvelle bibliothèque.

Le père Pingré, savant astronome, membre de l'Académie des sciences, chancelier de l'ancienne université, fut nommé bibliothécaire en 1753. C'est à dire vingt-six ans avant la suppression de l'abbaye.

Il eut pour sous-bibliothécaires l'abbé Mercier de Saint-Léger, bibliographe du plus haut mérite, le père Viallon et le père Ventenat; ce dernier, botaniste distingué, fut intendant général du jardin de l'impératrice Joséphine et membre de l'Institut.

Lorsqu'en 1789 la nation s'empara de la Bibliothèque Sainte-Geneviève elle y trouva les pères Pingré, Viallon et Ventenat. La bibliothèque resta confiée à leurs soins et ils en furent les premiers conservateurs.

L'honorabilité et leur mérite étaient si incontestables que même pendant les temps les plus orageux de la révolution, ils ne furent pas inquiétés et qu'ils gardèrent leurs fonctions jusqu'à leurs décès, arrivés en l'an V, 1805 et 1809.

Certes ce ne sont pas de tels hommes qui auraient oublié leurs devoirs de bibliothécaires, alors qu'ils avaient la double qualité de religieux et de savants et qu'ils gardaient une bibliothèque qu'ils considéraient alors à bon droit comme leur propriété.

L'Assemblée constituante décréta dans sa séance du 2 novembre 1789 que tous les biens ecclésiastiques étaient réunis au domaine de la nation. C'est à partir de cette époque que la Bibliothèque de Sainte-Geneviève est devenue propriété de l'État.

Peu de jours après, le 13 février 1790, les ordres religieux et les congrégations de l'un et l'autre sexe furent supprimés.

Au milieu du bouleversement causé par la Révolution, le désordre se glissa partout, principalement
dans les dépôts d'objets d'art et dans les bibliothèques.
Il arriva à un tel point de scandale que la Convention
nationale s'en émut et qu'un rapport fut présenté
dans la séance du 14 fructidor an II par Henri Grégoire, depuis évêque de Blois, comte et sénateur
d'Empire.

Ce rapport sur les destructions opérées par le van-
dalisme et sur les moyens de le reprimer, a été présenté au nom du comité d'instruction publique. Il a
été inséré dans le *Moniteur* du 9 vendemiaire an III
(30 septembre 1794) [1].

Il renferme des détails fort curieux et fort affli-
geants sur les dévastations et les déprédations commises à cette époque.

« Le mobilier, appartenant à la nation, dit Gré-
« goire, a souffert des dilapidations immenses parce
« que les fripons qui ont toujours une logique à part,
« ont dit : Nous sommes la nation......

« C'est dans le domaine des arts que les plus gran-
« des dilapidations ont été commises. Ne croyez pas
« qu'on exagère en vous disant que la seule no-
« menclature des objets enlevés, détruits ou dégra-
« dés, formerait plusieurs volumes....

« *Il y a cinq ans que le pillage commença par les*
« *bibliothèques* où beaucoup de moines firent un
« triage à leur profit....

« Les libraires, dont l'intérêt s'endort difficile-
« ment, profitèrent de la circonstance, et en 1791
« beaucoup de livres volés dans les ci-devant mo-

---

[1] Réimpression du *Moniteur*, 1847, tom. XXII, p. 85 et suivantes.

« nastères de Saint-Jean de Laon, de Saint-Faron
« de Meaux furent vendus à l'hôtel Bullion d'a-
« près le catalogue de l'abbé ***, *titre supposé pour*
« *éviter les soupçons.* »

Nous bornerons là les citations du rapport de
Grégoire qui comprend treize colonnes de la réimpression du *Moniteur.*

Sur ce rapport la Convention adopta dans sa
séance du 14 fructidor an II le décret suivant :

La Convention nationale, après avoir entendu le
rapport de son comité d'instruction publique, décrète
ce qui suit :

« 1° Les bibliothèques et tous les autres monuments de sciences et d'arts appartenant à la nation
sont recommandés à la surveillance de tous les bons
citoyens : ils sont invités à dénoncer aux autorités
constituées les provocateurs et les auteurs de dilapidations et dégradation de ces bibliothèques et monuments.

« 2° Ceux qui seront convaincus d'avoir, par mal-
veillance, détruit ou dégradé des monuments de
sciences et d'arts, subiront la peine de deux années
de détention, conformément au décret du 13 avril
1793.

« 3° Le présent décret sera imprimé dans le *Bul-
letin des lois.*

« 4° Il sera affiché dans le local des séances des
corps administratifs, dans celui des séances des sociétés populaires et dans tous les lieux qui renfer-
ment des monuments de sciences et d'arts.

« 5° Tout individu qui a en sa possession des manuscrits, titres, chartes, médailles, antiquités, pro-

venant des maisons ci-devant nationales, sera tenu de les remettre dans le mois, au directeur de district de son domicile, à compter de la promulgation du présent décret, sous peine d'être traité et puni comme suspect.

« 6° La Convention décrète l'impression du rapport et l'envoi aux administrations et aux sociétés populaires. »

C'est à cette époque que la tradition conservée à Sainte-Geneviève place le vol d'un certain nombre de volumes précieux, très-précieux même et uniques, notamment le petit livre gothique connu sous le nom de *l'An des Sept Dames.* La tradition en ce point est parfaitement d'accord avec les anciens adversaires des bibliothèques, car je lis dans une notice de M. Paul Lacroix, datée du 12 janvier 1844, imprimée comme pièce justificative dans la lettre de M. Libri à M. de Falloux, page 269[1] : *On sait que ce précieux volume avait disparu de la bibliothèque au moment où les couvents furent confisqués.*

Les Plaisirs de l'Isle enchantée ont eu le même sort que l'*An des Sept Dames;* comme lui ils ont été volés pendant les troubles de la Révolution, comme lui ils ont été voyager à l'étranger, et il se pourrait bien que le voleur fût le même.

Heureusement pour la Bibliothèque le livre volé a continué ses pérégrinations et est revenu en France. La Bibliothèque avertie s'est empressée de le faire saisir, afin de faire rentrer au logis l'enfant voyageur.

[1] *Lettre à M. de Falloux,* etc. Paris, Paulin, 1849, in-8.

Le sieur Schlesinger se prétend acquéreur de bonne foi et trouve dure la situation qui lui est faite ; il a acheté à l'étranger un livre qui, sans lui, aurait, dit-il, été perdu pour la France. Nous ne mettons pas en doute la bonne foi de notre adversaire, et nous trouvons que sa position est fort intéressante, mais le droit est là avec toute sa rigueur, et il n'appartient pas à la bibliothèque Sainte-Geneviève d'infirmer, même partiellement, des principes qui sont la sauvegarde des bibliothèques publiques.

La bibliothèque Sainte-Geneviève le devait d'autant moins que, par suite d'une circonstance particulière indignement travestie, on a exigé comme condition de la restitution le payement du prix du livre ; on a voulu créer à son préjudice un droit contre lequel il lui importe de protester ouvertement.

Des autographes précieux avaient été volés à la Bibliothèque Impériale et vendus par le ministère d'un commissaire-priseur. La Bibliothèque Impériale prévenue après là vente, fit les démarches nécessaires pour obtenir la restitution de ces autographes. L'affaire put se terminer à l'amiable par le concours du vendeur qui s'obligea à désintéresser complétement les acheteurs. Un libraire de Paris qui avait acheté un autographe refusa de le rendre; une mise en demeure lui fut signifiée; sur cette mise en demeure l'autographe fut restitué. Contre cette remise, le vendeur remboursa le prix de vente et les frais, et le libraire donna une quittance au nom du vendeur. Le libraire connut tous ces faits ; dans un but qu'il est facile de comprendre, il déclara notamment à un représentant du sieur

Schlesinger que la Bibliothèque Impériale lui avait
remboursé le prix de l'autographe. Cette allégation
inexacte a trompé le sieur Schlesinger. Il a cru que
la condition qu'il imposait serait acceptée ; il a fait
fausse route, et le tribunal le lui apprendra à ses
dépens.

La lutte n'est sérieuse que parce que l'adversaire
est un libraire qui a intérêt à la soutenir et qui pense
que le tribunal pourra se déjuger.

En résumé, le droit de propriété de la bibliothèque
Sainte-Geneviève est constant et démontré.

Le livre a été en sa possession jusqu'aux troubles
de la première Révolution.

A cette époque, il lui a été volé.

L'action que la Bibliothèque exerce est fondée sur
l'imprescriptibilité et l'inaliénabilité de son domaine;
elle sera accueillie comme l'a été celle formée contre
la succession Charin de Malan et ses acquéreurs.

La décision du tribunal sera un nouveau bienfait
ajouté à ceux qu'il a rendus aux bibliothèques
publiques.

TABLE DES MATIÈRES.

Pages

AVANT-PROPOS.................................... 1

CHAPITRE I.

Les Plaisirs de l'Isle Enchantée....................... 3

CHAPITRE II.

La Feste de Versailles du 18 juillet 1668.............. 13

CHAPITRE III.

Les Divertissemens de Versailles donnés par le Roy en 1674. 19

CHAPITRE IV.

L'exemplaire de la Bibliothèque Sainte-Geneviève........ 25

NOTICE SUPPLÉMENTAIRE

SUR

Les Plaisirs de l'Isle enchantée ;

La Feste de Versailles du 18 *juillet* 1668 ;

ET

Les Divertissemens de Versailles donnés par le Roy en 1674.

RECUEIL appartenant à la Bibliothèque Sainte-Geneviève et revendiqué par S. Exc. M. le ministre de l'instruction publique et des cultes.

DE L'IDENTITÉ
DU RECUEIL REVENDIQUÉ.

Les débats qui ont eu lieu devant le tribunal ont eu pour résultat de ramener la question à juger *à un seul point de fait*, l'identité du volume revendiqué avec celui désigné dans le catalogue de Charles-Maurice Le Tellier.

Cette identité est *incontestable*, et jusqu'au jour de l'audience, aucun doute n'avait été élevé à ce sujet.

Une erreur matérielle a été commise par l'honorable avocat de l'adversaire dans sa plaidoirie, et c'est cette erreur, qui va être démontrée, qui a occasionné le doute du Tribunal.

Un premier fait incontestable est acquis aux débats : le volume revendiqué a appartenu à Charles-Maurice Le Tellier; la reliure à ses armes constate d'une manière décisive cette propriété.

Un second fait, aussi incontestable, est l'inscription de ce volume au catalogue. Il ne peut exister sur ce second fait aucune difficulté sérieuse d'interprétation. La vérification que le Tribunal fera du catalogue et du volume ne peut pas laisser subsister l'ombre d'une contradiction.

Le volume revendiqué est un recueil de trois ouvrages distincts, classés non pas dans l'ordre chronologique de leur impression, mais bien dans l'ordre chronologique des faits historiques dont ils sont les relations.

Le catalogue constate l'existence, dans la bibliothèque de Charles-Maurice Le Tellier, d'un recueil de ces trois mêmes ouvrages distincts, classés dans l'ordre chronologique historique. L'accolade imprimée existant sur le catalogue, page 402, colonne 1", est l'indication d'un recueil ; cette accolade se retrouve à chaque instant dans le catalogue pour indiquer un recueil, c'est-à-dire une réunion de pièces reliées en un seul volume.

Sur ce point il y a une triple identité : d'abord c'est un recueil, ensuite ce recueil est composé des trois mêmes ouvrages, enfin, ces trois ouvrages sont rangés dans un seul et semblable ordre chronologique historique.

Ce catalogue constate en outre que le recueil con-

tient trois relations imprimées à l'imprimerie Royale
en 1673, 1679 et 1676.

Ces trois relations imprimées se trouvent, dans
le volume revendiqué, dans l'ordre du catalogue.

C'est là une quatrième identité.

Pour convaincre le Tribunal d'une façon décisive,
nous allons placer sous ses yeux un double tableau,
la désignation du catalogue et celui du livre li-
tigieux.

CATALOGUE, PAGE 402, colonne 1re, in-folio.	VOLUME REVENDIQUÉ.
Les Plaisirs de l'Isle Enchantée : Festes galantes données par le Roy en 1664. *Paris, de l'Imprimerie Royale*, 1673.	*Les Plaisirs de l'Isle Enchantée*..... et autres Festes galantes et magnifiques faites par le Roy à Versailles, le VII mai MDCLXIV. *Paris, de l'Imprimerie Royale*, 1673.
Relation de la Feste de Versailles, du 18 juillet 1668. Ibid., 1679.	*Relation de la Feste de Versailles du 18 juillet mil huit cens soixante huit. Paris, de l'Imprimerie Royale*, 1679.
Les Divertissemens de Versailles donnez par le Roy en 1674. Ibid., 1676.	*Les Divertissemens de Versailles donnez par le Roy à toute sa cour*..... en l'année 1674. *Paris, de l'Imprimerie Royale*, 1676.

Ce tableau portera, nous n'en doutons pas, la
conviction dans l'esprit du Tribunal, et cette conviction sera décisive lorsqu'il se rappellera que le
volume revendiqué est relié aux armes de Charles-
Maurice Le Tellier, le propriétaire de la bibliothèque
cataloguée.

Ce livre était donc incontestablement dans sa bibliothèque à l'époque de 1693 où fut rédigé et imprimé son catalogue.

Le catalogue usuel de la bibliothèque de Charles-Maurice Le Tellier, destiné au service, aux besoins de la bibliothèque, et portant les lettres et les numéros de la classification des livres, constate l'existence de deux exemplaires du recueil ou de deux recueils, n°s 96 et 96², lettre Z.

La bibliothèque ne possède aujourd'hui qu'un seul exemplaire au lieu de deux. Il lui en manque un : celui complet aux armes de son bienfaiteur et identique à celui désigné dans le catalogue. C'est cet exemplaire complet aux armes et identique qui a été retrouvé chez le sieur Schlesinger, qui a été saisi et est revendiqué par Son Exc. M. le ministre de l'instruction publique, avec la conviction la plus entière de son bon droit et de la légitime propriété de la Bibliothèque.

S. Exc. le revendique, parce que c'est un devoir que lui a tracé la décision si favorable, rendue dans l'affaire Chavin de Malan; parce que c'est une nécessité de faire rentrer sur les rayons de la Bibliothèque Sainte-Geneviève les précieux livres que lui avait légués Charles-Maurice Le Tellier, et que des voleurs, tentés par leur beauté exceptionnelle, lui ont enlevé à diverses reprises.

Le Tribunal a déjà jugé la question : il a reconnu, dans l'affaire Chavin de Malan, que les livres aux armes de Charles-Maurice Le Tellier étaient la propriété de la Bibliothèque Sainte-Geneviève, et qu'elle était fondée à les revendiquer, et cependant déjà à cette époque on avait voulu soutenir que de tels livres étaient ou pouvaient être dans le commerce.

L'exemplaire (2ᵉ recueil) qui est resté à Sainte-Geneviève est relié aux armes du Roi ; il porte l'étiquette Le Tellier. C'est donc bien un des deux exemplaires constatés par le catalogue, mais ce n'est pas celui qui y est désigné.

Il ne contient pas les textes des *Plaisirs de l'Isle enchantée* et des *Divertissemens de Versailles*. Les énonciations du catalogue : *Paris, de l'imprimerie royale*, 1673 ; *ibid.*, 1676, ne peuvent dès lors s'y appliquer.

. C'était un double incomplet ; c'était le n° 96². .

Le catalogue usuel indique incontestablement l'existence de deux recueils chacun en un volume ; la Bibliothèque n'en possède qu'un seul, il lui en manque donc un.

Celui qui lui manque, c'est l'exemplaire revendiqué.

L'adversaire a dit que Charles-Maurice Le Tellier possédait le recueil en deux volumes ; c'est là une erreur matérielle, détruite péremptoirement par l'état matériel et les énonciations du catalogue.

C'est là une hérésie bibliographique que l'on ne saurait comprendre de la part d'un libraire.

Le seul exemplaire possédé aujourd'hui par la Bibliothèque Sainte-Geneviève ne contient que les planches de la première et de la troisième fête et le texte et les planches de la deuxième ; pour qu'il soit complet, d'après la désignation donnée par le catalogue, il faudrait qu'il y eût un autre volume renfermant les textes imprimés de la Relation de la première et de la troisième fête. Selon l'adversaire, la Bibliothèque aurait un premier volume, comprenant les trois suites de figures et un texte imprimé,

et elle aurait perdu un second volume, contenant
les deux autres textes.

Tout d'abord, c'est une monstruosité en biblio-
graphie que de supposer, 1° qu'un amateur distingué comme Charles-Maurice Le Tellier a possédé
dans un volume le texte du livre et dans un autre
les planches, alors que le texte et les planches sont
in-folio, et que la Relation imprimée devait être nécessairement accompagnée des figures, l'une étant
l'explication obligée et indispensable des autres;
2° et qu'un bibliographe aussi distingué que Nicolas
Clément de Toul, bibliothécaire du Roi, ayant sous
les yeux les deux volumes, a pu rédiger d'une façon
aussi ridicule, aussi inexacte, aussi contraire à la vérité, le paragraphe du catalogue relatif à ces deux
volumes.

Cela n'est pas et ne peut être, comme allons le
démontrer.

Dans le cas invraisemblable et impossible allégué
par le sieur Schlesinger, il y aurait eu deux recueils,
et le catalogue l'eût nécessairement constaté; il y
aurait alors eu deux accolades, et non pas une seule;
il y aurait deux numéros se suivant, par exemple
96 et 97, et non pas un seul numéro.

Le catalogue aurait indiqué séparément et dis-
tinctement le volume contenant les deux Relations
imprimées et le volume renfermant les trois suites
de planches et la troisième Relation; il aurait, en
face de l'énonciation du premier volume, composé
de deux ouvrages particuliers, porté une première
accolade avec un numéro, et en face de la désignation du deuxième volume, comprenant trois parties
distinctes, figuré une autre accolade et un autre nu-

méro. Si dans la rédaction du catalogue, ce qui n'est pas admissible, il y avait eu une fausse ou inexacte énonciation, il y aurait eu sur le catalogue usuel représenté au Tribunal, des additions, corrections et annotations manuscrites, comme il s'en trouve quelques-unes aux pages 30, 32, 34, 41, 82, 83, 92, 97, 122, 156, 166, 171, 184, 190, 224, etc.

Or rien, dans l'état matériel du catalogue, ne peut faire supposer un seul instant une semblable opinion. Il n'y a qu'une seule accolade et qu'un seul n? 96, et point de correction manuscrite.

Les énonciations du Catalogue détruisent enfin radicalement cette prétention sans fondement. Elles expliquent et justifient l'existence d'un seul recueil, en un seul volume, renfermant les trois Relations imprimées accompagnées des planches. C'est ce volume complet qui porte le n° 96.

Un double existait, et ce double, le seul que la Bibliothèque Sainte-Geneviève possède actuellement, incomplet de deux Relations, est le n° 96².

Cette discussion est décisive, et rien de solide ne peut être allégué pour la détruire.

Les faits sont d'ailleurs en parfaite concordance avec les énonciations du Catalogue. Ainsi, sur le Catalogue, deux recueils existent, lettre Z, n°ˢ 96 et 96², chacun en un volume; l'un a été volé, l'autre a été conservé.

Chacun de ces volumes se retrouve aujourd'hui : l'un, identique au catalogue, chez le sieur Schlesinger; l'autre à la Bibliothèque Sainte-Geneviève.

Des deux recueils, la Bibliothèque n'en possède plus qu'un, le moins précieux, celui incomplet. Elle a retrouvé chez un tiers le plus précieux, celui complet, celui-là seul qui a pu tenter les voleurs, et l'on voudrait que le ministre de l'instruction publique, protecteur et défenseur des bibliothèques publiques, gardât le silence et ne réclamât pas avec l'énergie la plus grande et la plus sincère conviction ce qu'elle considère comme la légitime et impérissable propriété du domaine de l'État!

Nous appelons l'attention du Tribunal sur les termes mêmes du catalogue, nous le prions avec instance d'en faire l'examen, la vérification et la comparaison avec le volume revendiqué. Tout est là, *et la lumière sera faite.*

En faisant pour la Bibliothèque Sainte-Geneviève un procès à un libraire, Son Excellence sait bien ce qu'elle fait, elle a compris l'importance de la situation particulière de l'affaire, et elle veut détruire à jamais les dangers de l'avenir.

Diverses objections ont été faites, elles sont sans importance et nous n'y répondrons pas. Nous prions seulement le Tribunal de vouloir bien se reporter aux pages 27, 28, 29 et suivantes de la Notice qui lui a été distribuée.

Nous n'avons jamais dit que l'on avait enlevé un feuillet de garde en papier marbré, la discussion de l'adversaire sur ce point était inutile. Nous avons dit et nous maintenons, parce que cela est vrai, qu'un feuillet blanc de garde a été arraché au commencement du volume. En regardant très-attentivement, on aperçoit encore une trace légère d'arrachage.

L'explication donnée par l'adversaire est inacceptable bibliographiquement: il a parlé d'un feuillet 91 terminant le volume. Il y a là une erreur. La dernière Relation est celle des *Divertissemens de Versailles,* qui contient trente-quatre pages.

Le feuillet 91 termine la Relation des *Plaisirs de l'Isle enchantée,* qui est la première pièce du Recueil et ne peut dès lors se trouver à la fin du volume.

Nous maintenons également comme exacte la substitution du papier ancien marbré recouvrant le plat intérieur de la reliure, par un papier moderne.

Tout en reconnaissant que ces faits ne constituent pas des preuves péremptoires, mais valent seulement comme arguments venant ajouter à la force du moyen décisif.

Ce moyen décisif, c'est l'identité ; et nous sommes convaincu qu'elle existe, et nous pensons que le Tribunal, après sa vérification, en sera convaincu comme nous.

Si donc l'identité est évidente, incontestable, impossible à dénier ; si enfin elle est prouvée, le livre appartient bien à Sainte-Geneviève, et le procès est gagné complétement.

L'adversaire a dit que Charles-Maurice Le Tellier pouvait avoir deux exemplaires complets du recueil à ses armes et avait pu en donner un à des particuliers. Cette allégation n'est pas vraie, et n'est surtout pas vraisemblable. C'est d'ailleurs à lui, qui la propose, à en fournir la preuve, ce qu'il se garde bien de faire.

On ne donne pas ses livres à ses armes à des particuliers, quand on est bibliophile, et on ne fait pas relier ainsi les doubles de ses livres ; les armes sur les reliures ne sont pas seulement un ornement, mais bien *une preuve et une garantie de propriété* pendant la vie de l'amateur. Elles n'ont de valeur pour les étrangers qu'après sa mort, parce qu'elles constatent une provenance plus ou moins illustre, et que, le décès arrivé, les livres ainsi reliés pourront se trouver régulièrement et légalement dans le commerce. Mais lorsque pendant l'existence de l'amateur les livres reliés à ses armes sont dans le commerce, sans qu'une vente publique de toute la collection ait été faite et sans une mention autographe sur les livres, du cadeau fait par le donateur, il y a tout lieu de douter de leur légitime possession entre les mains d'un tiers, parce qu'un fait pareil est contraire au but que l'auteur s'est proposé, et à sa véritable passion pour les livres.

On a voulu se faire un argument de l'existence d'un exemplaire du catalogue Le Tellier aux armes de l'archevêque, qui aurait appartenu aux jésuites de Paris, et qui aurait été acquis par le sieur Schlesinger à la vente de M. Quatremère.

Tout d'abord, cet exemplaire est-il bien celui des jésuites de Paris? Nous possédons un exemplaire relié en veau, à la reliure des jésuites, portant sur le titre : *Collegii Parisiensis societatis Jesu.*

La Bibliothèque Sainte-Geneviève possède un exemplaire aux armes de son bienfaiteur, et ce fait est constaté par le procès Chavin de Malan.

D'ailleurs, qu'est-ce que cela signifie? Rien, absolument rien. Charles-Maurice Le Tellier a fait imprimer *à ses frais* son catalogue, et l'a fait tirer à un très-petit nombre d'exemplaires dont il a fait des cadeaux (il n'a été imprimé que 30 exemplaires). Comme tous les grands seigneurs qui donnent les livres imprimés à leurs frais ou composés par eux, Le Tellier en a fait relier 25 exemplaires en maro-

quin rouge, tranche dorée et à ses armes, pour que
le don fût de plus grande importance. C'est là un
fait qui n'a rien d'exceptionnel, qui s'est toujours
passé ainsi, qui a encore lieu aujourd'hui, et qui a
son explication toute naturelle.

Il y a une dizaine d'années, un pair de France,
d'une famille illustre, a aussi distribué à ses amis un
recueil d'*Eloges* qu'il avait fait imprimer à ses frais,
relié magnifiquement, et portant ses armes sur les
plats. Nos anciens rois agissaient de la sorte, et cet
usage est aujourd'hui suivi par S. M. l'Empereur.
Il ne faut donc pas confondre ces habitudes des
grands seigneurs, auteurs ou éditeurs, avec les faits
invraisemblables allégués par le sieur Schlesinger :
il y a là une différence énorme.

Au surplus, S. Exc. M. le ministre de l'instruction
publique ne revendique pas, dans l'intérêt de la Bibliothèque Sainte-Geneviève, le volume saisi chez le
sieur Schlesinger, seulement parce qu'il est relié aux
armes de Charles-Maurice Le Tellier, mais parce
qu'en outre il est inscrit sur le catalogue de la bibliothèque de ce prélat, *et qu'il y a identité parfaite entre le catalogue et le livre.*

Il y a là un double fait décisif, une double preuve
irrécusable.

Le droit de propriété de la Biblithèque repose
tout à la fois sur la reliure aux armes et sur les énonciations si précises du catalogue.

Le catalogue usuel qui est le titre de la Bibliothèque Sainte-Geneviève a été continué jusqu'en
1710, époque du décès et de la délivrance du legs.
Ce n'est donc pas sur l'exemplaire imprimé en 1693
qu'est fondé son droit de propriété, mais bien sur

celui de 1710, qui se trouve d'ailleurs confirmé et soutenu par l'Index ou Table alphabétique qui porte la date de 1702.

A cette époque de 1702, les deux exemplaires 96 et 96ª existaient dans la Bibliothèque, l'Index le constate ; en 1710, ils s'y trouvaient encore, l'état matériel du catalogue le prouve. L'abbaye a été mise en possession de la bibliothèque complète, et elle l'a conservée entière et sans aucun divertissement jusqu'en 1789.

En effet, si en 1710 la délivrance des deux exemplaires légués n'avait pas été faite aux Génovefains, le catalogue usuel aurait porté à la page 402, 1re col., ou bien une correction manuscrite, ou bien un carton, comme il en existe aux pages 82, 83, 92, 156, etc. Il n'existe aucun carton ni aucune correction, donc la délivrance a été faite. C'est là une preuve affirmative, complète et incontestable.

Les Génovefains n'ont jamais fait de vente de livres, bien que cette allégation ait été témérairement produite, mais sans aucune preuve. En admettant ce qui n'est pas, ce qui ne peut être, et ce qui est contraire au bon sens lorsque l'on connaît la passion de ces religieux pour leur bibliothèque, est-il raisonnable d'avancer qu'ils auraient vendu leurs beaux livres pour conserver leurs doubles incomplets ou dépareillés ?

De pareils arguments font voir combien la défense du sieur Schlesinger est pauvre, et à quelles nécessités elle est réduite.

Nous relèverons, pour la forme seulement, une autre erreur de notre contradicteur. Il a parlé de l'art. 118 de la coutume de Paris, et a dit que la

prescription de 30 années édictée par cet article
s'appliquait à l'espèce. L'article dit que cette prescription ne s'applique *qu'aux non privilégiés*. Les
religieux étaient privilégiés; ils n'étaient point sou-
mis à la prescription, si ce n'est dans un cas particulier (art. 123), pour les cens seigneuriaux, à
eux dus, mais alors elle était de 40 années. C'était
une disposition spéciale qui ne pouvait être étendue à d'autres cas. Nous appellerons, au surplus,
l'attention du Tribunal sur l'extrait du livre de
Claude Fleury que nous avons donné dans notre
Notice, page 32.

L'exemplaire revendiqué n'a pas d'estampille,
cela est vrai, mais il a mieux que l'estampille, il a
les armes de Charles-Maurice Le Tellier, et c'est là
un caractère de propriété décisif quand il est en
rapport clair, précis, complet et identique avec le
catalogue.

C'est donc là une preuve de propriété très-pré-
cise et très-complète. On gratte, on lave une estampille, on la fait disparaître par toutes sortes de
moyens chimiques plus ou moins habiles, mais on
ne gratte pas, on ne lave pas les armoiries; elles ne
disparaissent qu'avec la reliure.

Le second exemplaire que possède la Bibliothèque
n'a pas d'estampille non plus, et le Tribunal véri-
fiera ce fait, qui a été expliqué et admis dans l'affaire
Chavin de Malan.

L'adversaire oublie que les arrêts rendus dans les
affaires des autographes de Molière et de Montaigne,
et que le jugement Chavin de Malan n'ont pas ac-
cueilli les fins de non-recevoir proposées à raison de
la non-existence d'estampilles sur les livres et auto-

graphes volés, et qu'ils ont, au contraire, validé en tout leur entier les saisies-revendications.

L'estampille est un moyen de preuve, mais ce n'est pas un titre indispensable de propriété; elle peut toujours être suppléée par d'autres preuves. Or, dans l'espèce, l'existence des armes la supplée d'une manière décisive.

Une insinuation maladroite a été faite : on a cherché à renouveler les attaques qui se sont produites dans l'affaire Chavin de Malan, et on a prétendu que l'on agissait sans l'aveu du ministre. Le fait, objet du procès, a été signalé à Son Excellence, et elle a ordonné qu'une réclamation judiciaire aurait lieu. Aussi le procès a eu lieu à sa requête.

En résumé, le droit de propriété de la Bibliothèque Sainte-Geneviève est constant.

Il résulte de cette double preuve faite : 1° Que l'exemplaire saisi, revendiqué, a appartenu à Charles-Maurice Le Tellier, et a été par lui légué à l'abbaye de Sainte-Geneviève;

2° Que le titre de la Bibliothèque offre la concordance la plus parfaite avec cet exemplaire, et qu'il y a identité absolue.

Le fait étant constant, le droit, dans toute sa rigueur, doit recevoir son application, alors surtout qu'il s'agit des droits imprescriptibles et inaliénables du domaine public.

CH. RACINET,

AVOUÉ PRÈS LE TRIBUNAL CIVIL DE PREMIÈRE INSTANCE
DE LA SEINE, ET DU MINISTÈRE
DE L'INSTRUCTION PUBLIQUE ET DES CULTES.

PARIS. — IMPRIMÉ CHEZ BONAVENTURE ET DUCESSOIS,
55, quai des Augustins.